マヤコフスキー

ヴラジーミル・イリイチ・レーニン

小笠原豊樹　訳

土曜社

マ ヤ コ フ ス キ ー

小笠原豊樹　訳

ヴラジーミル・
イリイチ・レーニン

土曜社刊

Владимир Маяковский

Владимир Ильич Ленин

Published with the support of
the Institute for Literary Translation, Russia

ИНСТИТУТ ПЕРЕВОДА

AD VERBUM

底　本

『マヤコフスキー選集Ⅲ』（飯塚書店，1958年）の小笠原豊樹訳を底本とし，訳者の諸著作により校定した。

ヴラジーミル・イリイチ・レーニン

ロシア共産党に捧げる

時間だ。レーニンの話を始めよう。けれども、悲しみが失せたから始めるのではない。時間だ。なぜなら、するどい寂しさは、意識的な確かな痛みに変化した。

時間だ。レーニンのスローガンを、ふたたび竜巻に挙げろ！　ぼくら、涙を垂れ流すものか。レーニンは今でも生者の中の生者。ぼくらの知識、ぼくらの力、そして武器。

1

人間は舟だ。陸《おか》の舟。一生のうちに、さまざまな汚いフジツボが、ぼくらの腹にひっつく。さかまく嵐を切り抜けたあと、舟は日向に寝そべって、海の藻のみどりの鬚や、水母《くらげ》のまっかなねばねばを殺《そ》ぎおとす。ぼくはレーニンの光をあびて身をきよめ、革命の海に船出する。

こどもが間違った答をおそれるように、これからの数千行が、ぼくはこわいのだ。あの頭に、人が後光をかぶせるとき、ぼくは胸騒ぎがする。レーニンのひろい額《ひたい》、ほんとうの、かしこい、人間らしい額が、隠されはしないかと。分列行進やレーニン廟、定めの拝観規則が、あくどいオリーブ油をレーニンの率直さにふりかける、それがおそろしいのだ。お菓子のきれいごとで、レーニンが卑しめられはしないかと、ぼくはふるえる。ひとみを守るまぶたのように。

心が票決する。ぼくは書かねばならぬ。義務の委任を受けて。

モスクワ全市。凍てついた地面が、どよめきにゆらぐ。焚火のまわりには、夜に凍えた人たち。あのひとは何をしたのだ。あのひとは誰だ、どこから来た。なぜみんながあのひとを、あれほど尊敬するのだ。

ことばを記憶のなかから、一つ又一つと、ぼくは引き出す。けれども一つとして、そこにとどまれと命じるに値することばはない。この世のことばの仕事場の、なんたる貧しさだ！　ふさわしいことばを、どこで見つけよう。

一週は七日、ひるまは十二時間。それ以上ながくは生きられない。死は挨拶もしない。時計が役に立たず、暦の尺度でも足りないとき、それは「時代」で、それは「紀元」か。

ぼくらは夜眠る。ひるま、いろんなことをやる。好んであくせく無駄骨を折る。もろもろの現象の流れを、万人に代って導く人、それは「予言者」で、それは、「天才」か。

ぼくらは自ら恃《たの》まない、呼ばれなければ出ても行かない。女房に好かれれば、それで無上の幸福だ。体と心が一つになった、すごい男があらわれれば、「偉ぶってる」とわるくち言ったり、「天分がある」とおどろいたり。

こんなことばは、つまるところ、毒にも薬にもならない。中ぶらりんのことば、煙のように流れてゆくことば。こんな殻をほじくっても、なんにも出てこない。手にも頭にも触れてこないことば。

レーニンをこんな尺度で測れるものか！　目のある奴なら見ただろう。今の「時代」はあっさりドアから入ってきたんだ。あたまを框《かまち》にぶつけもせずに。「天の降し給うた指導者」、そんな文句をレーニンにも使う気ですか。レーニンが天降りの、偉ぶった男だったら、ぼくはむかっ腹を立てて、思う存分、行列と喧嘩し、礼拝に集まったやつらに一人で逆らっただろう。呪いのことばを雷声《かみなりごえ》でがなりたて、ぼくとぼくの叫びが踏みにじられたら、瀆神の空めがけて「ひっこめ!」と、クレムリンに爆弾を投げてやる。

だが、あの確固たる足取り、あれは柩に付き添うジェルジンスキーだ。今こそ非常委員会《チエカー》も、安心して任務を終えてくれ。百万の目をつらぬいて、ぼくの二つの目をつらぬいて、頬に凍りついた涙の氷柱《つらら》。

神に捧げる公認の礼拝、そんなものは珍しくもない。ちがう! 今日はほんとうの痛みで、心よ、冷えろ! ぼくらが葬るのは、この世を通過した人間たちのなかで、いちばんこの世に執着した男だ。

あのひとはこの世に執着した。けれども、おのれの塒《ねぐら》にのみ恋々たる男とはわけがちがう。あのひとは全地上を一度に把握し、時間が隠したことどもを発《あば》いてみせたのだ。しかも、きみやぼくとおなじ人間だ。なんの変りもない。ただ目のあたり、ぼくらよりいくらか余計に思想の小皺が寄り、くちびるがすこし皮肉で、いかめしいだけだ。

手綱をさばき、勝利の馬車できみを踏みにじる、トルコ太守のいかめしさじゃない。あのひとは、友だちにはやさしかった、人間らしいいたわりにあふれていた。敵には、鉄よりも堅く立向かった。ぼくらとおなじ弱さにくるしみ、ぼくらとおなじく病気とたたかった。

言うならば、ぼくは球撞《たまつき》（こいつは目ばかり達者になる）、あのひとは将棋さ。これは、指導者には為になる。将棋からほんものの敵に切りかえたときも、きのうの歩《ふ》の並べ方を生きた人間に応用して、あのひとは労働者の、いや人間の独裁をうちたてたんだ。資本の牢獄、飛車を倒して。

ぼくらに大事なものは、あのひとにも大事なもの。あのひとと一つ部屋に暮したのでもないこのぼくが、今あのひとに一回でも呼吸させるためなら、大喜びで自分のいのちを提供したいと思う、この気持はなぜだろう。いや、ぼくだけじゃない！　ぼくがとりわけ優れてるわけじゃあるまいし！　呼ばなくてもいいんだ、口をひらくだけで。きみらはみんな集まってくる、ほかのすべてを投げうって、村からも炭坑からも！

　ぼくはふらつく。やけ酒をあおったように。本能的に、電車の線路は避《よ》けて通る。この巨大な死をいたむ葬列のなかでは、ぼくのちっぽけな死なんか、誰の涙も誘うまい！旗をもつ人、もたない人。まるで古き遊牧のロシアの再現だ。コロンヌイ広間は人の波にふるえる。なぜだろう。どうして。なんのために。

　電信の声がしゃがれる。葬式の太鼓の音に。旗々の赤く泣きはらしたまぶたから、雪の涙が降る。あのひとは何をしたのだ。あのひとは誰だ、どこから来た。このいちばん人間らしい人間は。

　ウリヤノフの生涯はみじかい。その最期の瞬間まで、ぼくらは知っている。だが同志レーニンの永い生涯は、ここで新たに語り直さねばならぬ。

はるかの昔、二百年前から、レーニンの物語は始まる。


きこえるか？　鉄の声、半田《はんだ》の声、古い世紀を切りひらくブロムレイとグジョンの祖先、最初の蒸気機関の声。

資本。王冠も名誉ももたぬ皇帝陛下。そいつが宣言する。征服された田舎者の力を。町が掠奪強奪の限りをつくし、現金《げんなま》で腹をふくらます一方、旋盤のかたわらに起ちあがったのは、やせた佝僂《せむし》、労働者階級。煙突を空高く差上げ、おどかすように叫んだ。

「敷石にしろ、おれたちを、金儲けの道の。おれたちは産むぞ、送り出すぞ、今にあらわれる、たたかう男、罰する男、復讐の男！」

雲と煙がまじりあった。おなじ連隊の兵士のように。二重になった空。煙は雲を追いはらう。乞食たちのまんなかに、むくむくとそびえ立つ商品の山。禿あたまの支配人が、算盤をはじいてつぶやいた、「恐慌！」と。掲示を出した、「人員整理」と。

御馳走には一面の銀蠅、小麦は粒のまま倉庫で腐れ、レストランのウインドウをのぞきこむのは、腹へこませた失業者の群。ざわめきだ。貧民窟の胎内に。それがこどもらの泣き声より音高くなる。

「仕事か、鉄砲か、この手二つ、どうしてくれる！　はやくこい、庇う男、復讐の男！」

おおい、駱駝、植民地の先達《せんだつ》！　おおい、鋼《はがね》の船の行列！　進め、火よりも熱い砂漠へ！　泡立てろ、紙より白い泡を！

椰子しげる憩いの地オアシスに、たちまち黒い補布《つぎ》があてられる。聴け、黄金《こがね》花咲く農園に、鞭打たれた黒人の瀕死の呻き。

「うううう、うううう！　おれのナイル河、ナイル河！　打上げろ、打寄せろ、この黒い毎日を！　ひるまは黒くなれ、おれの夢よりも。火事は赤くなれ、おれの血よりも。このコーヒー、一度に煮えたぎって、便々たる腹したやつらを、黒白《くろしろ》の差別なく焼いてくれ。おれの集めた象牙、一本のこらず、やつらの肉に心臓に突きさされ。孫の孫でもいい、この血を無駄にするな。明るい顔した救い主、あらわれてくれ。おれは死ぬ。死神が呼ぶ。忘れるなよ、この呪いを、ナイル河、おれのナイル河！」

ロシアの雪野原にも、炎熱のパタゴニアにも、時間は据える、搾取の旋盤を。イヴァノヴォの石づくりの工場、
流行歌《はやりうた》のわめき声におびえる。
ああ工場《こうば》、おいらの工場、
おめめの黄色いかわいい工場。
おいらはみんなと待ってるぜ、

二度目のステンカ・ラージンを。

孫たちは訊くかな、「資本家ってなあに」と。今のこどもが「巡査ってなあに」と訊ねるように。ここらで孫のために描いておこう、資本主義の肖像画を。

資本主義は若い頃、なんのこたあない、威勢のいい青年だった。まっさきに仕事に駆けつけて、シャツが油に汚れるのも、その頃ならば気にしなかった。

封建制のきものは、きゅうくつだったのさ！　歩きぶりだって今のぼくらと変りゃしない。資本主義の青春の初まりは、革命また革命。マルセイエーズまで歌ったんだ。

機械を発明したのも資本主義。しまいには、人間も機械で創《つく》っちまえ！　てなわけで、知らず知らずのうちに世界中に産みおとされたこどもが、これすなわち労働者。

王国や侯国、冠や御紋章を、いっぺんに嚙みくだいた資本主義。ふとったわけさ。聖書のなかの牛みたいに。満腹して舌なめずり。その舌が議会だ。

年ごとに筋肉は弱くなる。ふくれてくる、ふとってくる。時の流れがすすむにつれて、てめえの帳簿そっくりになったね。

宮殿など建てたが、そいつがまた見もの！　美術家が（一人じゃないぜ！）寄ってたかって、床はアンピール式、天井はロココ式、壁はルイ・カトルズ、つまり十四世式。この建物にたむろするのは、尻と見まごう面《つら》の持主。尻面《けつづら》の警察だよ。

だから絵にしろ唄にしろ、資本主義にはきこえませぬ。牧場《まきば》の牛に花がわかるか。美学、倫理学、なになに学なんて、資本主義の女中さんだな。天国だろうが地獄だろうが、二束三文で売りに出る。イエス様の十字架の釘の跡、聖霊のしっぽで作ったペン先。

遂に育ちすぎた資本主義、奴隷を使いはじめた。儲けて、食って、寝てばっかりじゃあ、体は肥える、生《なま》になる一方。

生《なま》になったあげくの果て、世界をベッドと心得たか、歴史の道に寝ころんだ。こいつを避《よ》けては通れない。たった一つの方法は、爆破すること!

ほら、抒情詩人が顔をしかめたぞ。批評家が鞭をかまえて跳びかかる。

「心の問題はどこへ行った! これは演説じゃないか! ポエジイがない! ただの政治評論だ」

なるほど「資本主義」とはぶざまなことばだ。「ウグイス」の方がずっと美しい。けれどもぼくはこのことばを何度でも使ってやる。煽動のスローガンで、空に向け、詩の行を発射するんだ。

ぼくもいずれは何でも書くだろう。だが今は色事を喋る時じゃない。ぼくは、詩人たるぼくの鳴りひびく力をすべて、攻撃の階級、きみに捧げる。

「プロレタリア階級」このことばも、共産主義を罠と感じる人には、ぶざまで狭いのだろう。ぼくらには、このことばは力づよい音楽だ。死者をすら戦いに起ちあがらせる音楽。


建物がもう震えだした。一階また一階と、のぼってくる地下室の叫び声。

「おれたちは爆発するぞ、あけっぴろげの青空まで。おれたちは進むぞ、石づくりの井戸をつきぬけて。この板の寝床から、労働者の息子が生れるんだ。プロレタリアの指導者が」

やつらはもう地球だけじゃ不足なのか。丸ぽちゃの資本め、指輪にくたびれた腕をのばして、他人ののどを締めはじめた。進軍、進軍。がちゃりと鉄を鳴らしながら。「殺せ、殺せい！　ブルジョア二人にゃ狭すぎる！」村は墓場だ、兄弟殺しの。町は工場だ、外科医の。

終った。お茶が出た。勝利の宴《うたげ》がひらかれた。だが聴いてみろ、墓石の腹話術を、松葉杖のカスタネットを！

「また逢おうぜ、現《うつつ》の戦場で。この罪を、時間はゆるさない。復讐の人が必ずあらわれる。貴様らと、貴様らの戦争に、宣戦布告する！」

涙の湖が地上にひろがる。血の沼はもう渡れない。すると孤独な夢想家たちは、とんでもないユートピアを考え出す。慈善家のあたまは現実にぶつかってこなごなだ。慈善家の道と、全民衆のすすむ道とは、全然ちがう、それが分らんのかい！

資本家自身もインポテンツ、機械を無茶に使ったからだ。恐慌とストライキの混沌《カオス》に、枯葉さながらもてあそばれる資本家の機構。

「おれたちは黄金の溶岩になって、誰のポケットに流れこむ？　誰が味方、誰が敵？」と、百万の頭をもつ階級は、自分を理解しようとひとみをこらす。

時間が盗んだ、資本家の時計を。探照燈の明るさをぶち割った。時間は産んだ、兄弟のカルル、レーニンの兄、マルクスを。

マルクス！　目に浮かぶのは、肖像画のなかの白髪だ。なんと昔のことだろう、ぼくらには想像もつかない！　ぼくらの見るマルクスは、大理石に閉じこめられ、石膏でこさえられた冷たい老人だ。しかし革命の小道へ労働者たちが最初の一歩を踏み出したとき、おお、言いようのない高い温度で、マルクスはその心と理性を燃やした！

どんな工場ででも働いたことがあるように、どんな仕事にも手を染めたことがあるように、剰余価値を盗むやつらを現行犯で抑えた。みんながやせ細った体をふるわせ、株屋・事業家のヘソから上に目をあげられぬとき、マルクスは階級闘争を率いて、もう親牛になった黄金《きん》の仔牛を攻撃した。

共産主義の入江にぼくらを打ち寄せるのは、愛敬者の「偶然」の波——それはぼくらの錯覚だった。マルクスは歴史の法則を見つけ出し、プロレタリア階級を舵取りに据えた。

マルクスの本は単なる活字のよせ集めじゃない、味気ない数字の一覧表じゃない。マルクスは労働者を起ちあがらせ、数字よりも整った隊列をつくった。そして語った、「あくまでたたかえ、われらの仕事は精神のゲラ刷を校正すること。今にくるぞ、偉大な実行の人。彼は戦いの分野を指導する、書物の分野ではなく！」

思索の石臼で最後の小麦を碾《ひ》き、蒼白な手で最後の文字を書き終えたとき、そう、マルクスは見たのだ。クレムリンのまぼろしを、赤いモスクワにひるがえるコンミュンの旗を。

時間はメロンのように熟《う》れ、プロレタリア階級は大人《おとな》になった。けわしい資本の砦は、打ち寄せる大波に洗われ、砕けはじめる。

数年の彼方にむらがる無数の嵐。嵐の音が近づいてくる。怒りが溢れて一揆となり、一揆の火花がひらめいてから、革命の到着。

ブルジョアのけものじみたならわしは、あくまでかたくなだ。ティエールに拷問されたぼくらの先祖の呻き声。パリ・コンミュンの亡霊たちは、今もなお墓地の壁に哭《な》く。

「聴いてくれ、同志たち！　気をつけてくれ、兄弟たち！　孤立は駄目だ、おれたちがいい例！　団結しながら爆発するんだ！　党でなぐるんだ！　労働者階級をかためた一つの拳で」

われこそ指導者と言う奴は、内容空虚なインチキ野郎。ことばの裏の正体を、いちはやく感じとれよ！　些細なことまでぼくらといっしょで、パンより素朴、レールよりまっすぐな人、それがほんとの指導者だ。

めまぐるしく変る変る、階級、信仰、身分、ことば。金銭《かね》の車輪《くるま》で地球は動く。育ちきった資本は矛盾のハリネズミ。いちめんに生えた銃剣の針。

共産主義の亡霊がヨーロッパを駆けめぐり、消えたかとみるまに、又もや遠くでちらついた。これらすべてが原因で、シムビルスクの片田舎に、ふつうの赤んぼ、レーニンが生れる。

2

ぼくは一人の労働者と付き合っていた。その人は字が読めなかった。アルファベットもろくに知らなかった。けれどもレーニンの演説を聞いたとき、その人は全部分ったと言った。

ぼくはシベリアの農民の話を聞いた。その人たちは土地を地主からとりあげ、銃で守り、村の人に分配した。その人たちはレーニンの本を読まず、演説を聞かなかったが、それでもレーニン主義者だった。

ぼくは山を見た。そこには草も生えなかった。黒雲ばかり岩山の上にかぶさっていた。百里四方にたった一人で住む山男の、粗末な服にはレーニン徽章が光っていた。

針小棒大と人は言うかもしれない。なるほど娘たちは浮いた心の気まぐれから、留針を使ったりする。しかしその徽章はピンで留めてはなかった。イリイチへの愛にあふれた心が、徽章をシャツに焼きつけたのだ。

これは教会スラヴ語の賛美歌では説明がつくまい。えらばれし者たれと、神がレーニンに命じ給うたわけでもない！　人間の足どりで、労働者の手で、おのれのあたまで、レーニンはこの道を歩んだのだ。

上からロシアをごらん。河また河が青いろにつらなり、まるで千の小枝がひろがったよう、蔓がいちめん巻きついたよう。しかし春の水より青いのは、農奴制ロシアの青痣だ。

横からロシアをごらん。見渡す限り、空のガラスめがけて、そびえ立つ山々。懲役と鉱山《かなやま》。しかし懲役よりくるしいのは、工場の旋盤に縛りつけられた奴隷のくらしだった。

これより豊かな国、きれいな国、悧巧な国なら、ぼくはいくらも見たことがある。だがこれより辛い土地《くに》を、ぼくは一度も見たことがない。

そう、なぐられた頬の痕は、いつでも消えるものじゃない。叫びが強まる、「起ちあがれ、土地と自由のために！」そして孤独な叛逆者たちは、爆弾をつかみ、ピストルをつかむ。

皇帝《ツアーリ》を鎖でつないだら、どんなに嬉しかろう！ けれどもただ馬車の塵を払う、それだけの結果だったら！ 皇帝暗殺を企てたかどで、ウリヤノフの兄、「人民の意志」派のアレクサンドルは逮捕された。

一人殺してもべつの奴が、死人の拷問を受け継いで、もっと野蛮に唾を吐く。シュリッセルブルク監獄の千人目の囚人、アレクサンドル・ウリヤノフは、絞首台に送られた。

そのとき十七歳のイリイチが言った。そのことばは兵士の誓いより強かった。「兄さん、ぼくらがあなたと交代しよう。勝ってみせよう。けれどもぼくらはべつの道を行く！」

記念碑をよく見てごらん、それが英雄にみえますか。ゴーゴリになろうというひとに、月桂冠をかぶせるのか。とんでもない、毎日のわずかずつの仕事を、みずからの肩に背負ったイリイチは、いわば平凡な労働者。

暗い鍛冶屋でいっしょになって、給料を五カペイカずつ上げさせる相談をする。経営者《おやじ》が強気に出たらどうするか。親玉に煮湯をのませるには、どうしたらいいか。

だが、こんな些細なことが最後の目的じゃない。一度勝ったら、そこで安心しないこと。目的は社会主義。敵は資本主義。月桂冠どころか、武器は小銃。

千回も、おんなじことを、イリイチは頑固な耳に叩きこむ。それを会得した二人の腕と腕を、次の日は、がっちり組み合わせる。

きのうは四人、今日は四百人。今日はひそかに、あしたは公然と起ちあがる。四百人は、千万になる。世界中の労働者が、蜂起に湧きあがる。

水より声をひそめ、草より身をかがめ、そんなことはもう沢山。労働者の怒りが黒雲になる。空を切る稲妻、あれはイリイチの本だ。烈しい霰《あられ》、あれは宣言とパンフレットだ。

無学な階級はレーニンにぶつかり、明るくなって流れ出し、大衆の力と思想を浴びたレーニンは、階級といっしょにすくすくのびた。

若き日のレーニンの誓い、「ぼくらは一人ではない、労働者階級解放闘争の同盟だ」、それすらすでに昔ばなし。

レーニン主義はますますひろがる。イリイチの教え子たちの手によって、涯しないウラジミルカ街道の埃とぬかるみに、非合法のヒロイズムが血で書きこまれる。

今やぼくらだ、地球を廻すのは。もしクレムリンの椅子にぼくらが坐ったら、ネルチンスク条約のたびごとに、ぼくらいきなり足枷を鳴らしてやる！

ここでもう一度、鳥になって上から眺めよう。オオカミを追うのは早足の電車。ぼくらはみんな鉄棒の格子を、ひっかいたり嚙んだりしたものだった！

固い壁にひたいをぶつければ、ぼくら亡きあと、独房はきれいに掃除される。〈きみの務めはみじかいが、ふるさとのしあわせにそむかなかった……〉どんな独房でレーニンは愛したのだ、この唄のとむらいの力を。


百姓はわが道を行き、無邪気で素朴な社会主義をつくるという。ウソだ。ロシアだって煙突のせいでせちがらくなる。街に煙の鬚が生えた。

どうぞ、お入りなさいと、天国は呼んでくれやしない。

ブルジョアの屍を踏みこえて行く、それが共産主義の道。プロレタリア階級は一億の農民の案内人《ガイド》、レーニンはプロレタリアの引率者だ。

自由主義者や、すばしこい社会革命党員《エセール》、しきりと労働者の首にぶらさがって、うまい口約束。レーニンはその美辞麗句をボロボロに裂き、かれらの本をすっぱだかにする。

自由だとか、友愛だとか、そんな閑なお喋りは、もうぼくらに不必要。マルクスで完全武装したぼくらは、世界でただ一つのボリシェヴィキ党だ。

今や特急列車でアメリカを横断しても、ぼくらの目に跳びこむのはRKP《エル・カ・ペ》の三文字、括弧のなかは小文字のb《べ》。今プルコヴォ天文台は、空の小箱をひっかきまわし、火星狩に懸命だ。しかしこの小文字一つは、星なんかより、百倍もきれいで華やかで明るいぞ。


ぼくらのことばは、いちばん大切なことばでも、絶えず馴れっこになる、服のように擦り切れる。ぼくはここでふたたび輝かせたい、もっとも壮大なことば、**党**を。

個人！　それが誰に必要だ！　個人の声はヒヨコより弱い。誰にきこえる？　女房にか！　それも市場じゃ駄目だ、よっぽどそばに寄らなくちゃあ。

党はただ一つの裂風だ。小さな細い声々を圧搾した風。この風に敵の要塞はやぶれる。砲撃に鼓膜がやぶれるように。

人間は一人じゃ駄目だ。一人こそ災いなるかな。一人じゃ喧嘩にもならん。頑丈な奴にしてやられる。弱い人でも二人なら。

だが、ひとたび個人が党にかたまれば、敵もたちまち敗走、降参！　党は百万の指もつ手。一つに握りしめられた粉砕の拳。

個人はたわごと、個人はゼロ。力持ちでも一人では、五寸の材木も持ちあげられまい。五階のビルは言うに及ばず。

党は百万の肩だ。互にぴったり寄せ合った肩。党を足場に天へのぼろう。互に支え、互にもちあげ。

党は労働者階級の脊椎だ。党はぼくらの不死の仕事だ。党はぼくを裏切らない唯一のもの。今日は番頭、だがあすは、帝国を地図からぼくは削る。階級の頭脳、階級の仕事、階級の力、階級の名誉――それこそ党。

党とレーニンは双子の兄弟だ。母なる歴史にこれほど貴重なものはない。ぼくらが「レーニン」と言えば、それは「党」の意味。ぼくらが「党」と言えば、それは「レーニン」の意味。

まだ王冠は山とそびえ、ブルジョアは冬の鳥のように黒ずんでみえたが、地下ではすでに労働者の熔岩が煮えたぎり、党の噴火口からふき出ようとする。

一月九日。お伽話は終った。ぼくらは皇帝《ツァーリ》の弾丸《たま》に刈り倒される。奉天の虐殺、対馬の轟音とともに、皇帝《ツァーリ》のお慈悲なる幻想は死んだ。

やめろ！　ぼくらは第三者のお節介を信用しない！　プレスニャ通りの人たちは、みずから武器をとって起ちあがった。玉座はゆらぎ、それにつづいてブルジョアの椅子も、はや弾《はじ》けるかと見えた。

イリイチも来ている。きのうも今日も労働者といっしょに、一九〇五年を指揮している。すべてのバリケードに立って、蜂起の歩みを率いている。

だが間もなく悪らつなニュースがひろまった。「自由」。人々はちっちゃなリボンをむすび、皇帝《ツアーリ》はちっちゃな声明をかかえてバルコンにあらわれる。

「自由」の蜜月が終るや否や、演説もリボンも唄も、大砲の低声《バス》にかき消された。労働者の血潮をかきわけ泳ぎ出したのは、皇帝《ツアーリ》代々の将軍、残忍なドゥバソフ。

非常委員会《チエカー》の残虐を云々する白系のやつばらに、ぼくらは唾を吐きかける！　見ろ、両手を縛られたまま、死ぬまで鞭で打たれる労働者を。

反動は荒れくるった。インテリどもはすべてから逃避して、すべてを駄目にした。閉じこもり、ローソクをともし、お香を焚いて、求神主義とやら。

同志プレハーノフさえ哀れな声を出して、「きみらがわるいのだ！　巻添えはいけないぞ、諸君！　この流血の惨事！　武装蜂起は無駄だった」。

この病人めいた泣き言に、断乎たる声でレーニンが切りこんだ。「ちがう、武装蜂起は必要だ。ただ、もっと徹底的、精力的にやることだ。次の蜂起の日が見える。労働者階級はふたたび起つだろう。防禦ではなく攻撃、それを大衆の合言葉に」。

血の泡に塗《まみ》れたこの年も、労働者陣営のこの傷も、きたるべき蜂起の嵐のなかで、この上ない上級学校となる。

ここでレーニンは、ふたたび追放生活のなか、ぼくらに新しい戦いの支度をさせる。レーニンは教える、自分でも知識を吸いこむ。こわれた党をまた集める。

みろ、ストライキが十二年を持ちあげる。十三年。今や蜂起に立ちあがれるか。だが、ここで、年たちのなかから現れたのは、おそろしい十四年。

兵士は兵士のパイプをふかし、いにしえの戦《いくさ》について語り合う、それが新聞の言い草だ。けれども、この全世界の人肉料理、どんなポルタワ、プレヴナと比較になろう。

まっぱだかの帝国主義、腹をむきだし、入歯をかみあわせ、血の海に膝までつかって、銃剣をフォーク代りに、国々を喰う。

そのまわりには、追従するやつら、非常時のヴォヴァ、愛国者ども。裏切りの手を洗って、書く、「労働者よ、最後の血の一滴までたたかえ!」と。

地球は山と積まれた鉄の破片、その上にボロボロの人間のきれはし。このきちがい病院のまっただなかで、ただひとつ正気な場所はツィメルヴァルトだ。

ここから、ひとかたまりの同志たちといっしょに、レーニンが起ちあがる。世界の上にかかげる。どんな火事よりも明るい思想を、どんな大砲よりも音高い声を。向うからは、耳をつんざく百万の大砲、サーベルひらめかす無数の騎兵隊。ここからは、騎兵と大砲にさからって、頬骨の高い、禿頭の、男一人。

「兵隊たち！　裏切りと売国のブルジョア、われわれをトルコへ送るぞ、ヴェルダンへ、ドヴィナへ。もう沢山だ！　国家間の戦争を国内戦に転化しよう！　敗北と、死と、負傷はもうごめんだ。国民にはすこしも罪がない。あらゆる国のブルジョア階級にむかって、国内戦の旗を上げよう！」

たちまち大砲の暖炉は、くしゃみといっしょに火を吐き出し、腐れものを吹きとばしたかに見えた。あとは人っ子一人いない、人の名前すら思い出せない。

しゃがれ声で吠え立てた兵器ののどで、国々はわめき合う、「降参しろ！」と。さて飽きるほど喧嘩したあと、勝った奴は一人もいない、勝ったのは同志レーニンだけ！どえらい帝国主義！　おれたちの天使のような忍耐も、もう根《こん》がつきたぞ。タヴリーズからアルハンゲリスクまで、貴様は蜂起したロシアに引き裂かれた。

ロシア帝国、こいつもまたどえらいものさ！　くちばしとがらせた双頭の鷲。けれどもぼくらはあっさりと、みじかくなったタバコのように、やつらの王朝を吐き捨てた。

血いろの錆に覆われた巨大な国民、ひもじい文なしの国民は、果してソビエトに行き着くか、それとも今まで通り、ブルジョアのために火中の栗を拾うか。

『ロシア国民は皇帝《ツァーリ》の鉄鎖を引きちぎった。ロシアは嵐、ロシアは雷雨』。スイスにあってレーニンは読む。昂奮にふるえ、新聞の束にかがみこみながら。

だが新聞記事で何が分ろう。飛行機ででも飛びたい、あそこへ、蜂起した労働者たちを助けに。それが唯一の願い、ただひとつの思い。

党の意志に忠実に、レーニンは旅した、ドイツの鉛封列車で。ああ、ホーエンツォレルンにゃ分らなかったんだ、レーニンが自分らの王国まで吹きとばす爆弾だとは！


ペテルブルクの市民たち、相も変らず、えびす顔で、接吻し合って、こどもみたいに駆けまわる。だが、赤い綬をつけ、すこし気どったネフスキー通りに、うごめく、うごめく、将軍の群。

押すな押すなで、見渡すかぎり。交通巡査が呼子を吹くほど。ここでようやく爪を出すのは、ブルジョアどもだ。いちめん和毛《にこげ》の足の先から。

最初はちょっぴり、小魚ほど。それから、にょきにょき、ニシンに、シコイワシ。次にダーダネルスキー旧姓ミリュコフ、つづいては戴冠式と小ミハイル。

首相てえのは権力とちがいます、言うなれば孺子の刺繍！　野蛮な人民委員たあ訳《わけ》がちがいますよ。女の子そっくり。撫でてやんな！　ヒステリーおこして高音《テノール》で歌ってる。

　この二月革命の自由とやら、その一しずくもぼくらはお目にかからなかったが、防衛主戦論者ども、すでに枯枝ふりかざして、「労働者諸君、進め、進め、前線へ」。

　すてきな風景は完璧になる。後にも先にも裏切り通しの、社会革命党《エセール》、メンシェヴィキ、サヴィンコフの輩があたりにむらがり番をするのだ。物知り猫とそっくりに。

　とつぜん、この町、すでに脂肪のつきはじめた町へ、むこう、ネヴァ河のむこう、フィンランド駅から、ヴィボルグ通りをぬけ、装甲車の轟音。すると、ふたたび、さわやかな強風が、泡立つ革命の大波を打ちあげた。リテイヌイ通りは、いちめん作業服と鳥打帽。「レーニンが帰った！　レーニンばんざい！」

「同志諸君！」

群集の頭上に導きの腕をのばし、

「社会民主主義のボロ服をぬぎ棄てよう！

協調主義者と資本家の政府を倒せ！

われわれは大衆の声、
全世界の労働者大衆の声。

共産主義建設の党ばんざい、
ソビエト権力のために蜂起ばんざい！」

ここで初めて、呆然たる群衆の前に、きみの眼前に、及びもつかぬことば「社会主義」が、なすべき素朴な仕事として起ちあがったのだ。

ここで、とどろく工場のかげから、かがやく地平線から、空いっぱいに、働く者の明日のコンミュンが起ちあがった。ブルジョアもプロレタリアもいない、奴隷も主人もいないコンミュンが。

協調主義者の縄、大衆を縛りつけていたそいつを、レーニンのことばの斧が断ち切った。だから演説は、喊声の雪崩《なだれ》にさえぎられた。「そうだ、レーニン！　その通りだ！　今だぞ！」
クシェシンスカヤの家、足ぴくぴくの踊り子に御下賜の家は、今や作業服でごったがえし。工場のみんなはここへ流れこみ、レーニンの鍛冶屋にきたえられる。
《食えパイナップル、山鳥くらえ、
ブルジョア、貴様の最期が来たぞ》
主人の椅子にふんぞりかえった奴、そこまでぼくらは這って行って、御機嫌いかが、御食事いかが。七月に入れば、もう馴れなれしく、ぼくらそいつののどやおなかにさわった。
ブルジョアたちまち歯をむきだして、「奴隷の叛乱だ！鞭でひっぱたけ、血が出るまで！」そしてケレンスキーの手が逮捕状をなぞる、レーニンを狙え！　と。
そこで党はまた地下にもぐった。イリイチはラズリフに、イリイチはフィンランドに。だが屋根裏部屋も、小屋も、野原も、指導者をけだもの一味に渡しはしない。

姿は見えない、だがレーニンはそばにいる。仕事の進み具合で、指導者レーニンの思想が見えるし、その導きの手が見える。

レーニンのことばに、これほどいい土地はない。ことばを播けば、仕事がそだち、すでに労働者の肩のとなりには、数百万の農民の肩。

あとはバリケードにのぼるばかりだ。そのとき、かずかずの週から一日をえらび、レーニンみずからペテルブルクにあらわれた。「同志諸君、これ以上はのばせない!」

資本の圧迫、片輪の飢え、戦争の掠奪、泥棒の干渉(もう沢山だ!)それらがやがて、老いぼれた歴史の皮膚に、ほくろより白くあらわれるだろう。

そこから、これらの日々を振返れば、まっさきに見えるのは、そびえ立つレーニンの頭だ。それこそは、数万年の奴隷制度から、コンミュンの世紀を見晴らし、光りかがやく峠。

くるしみの今日がすぎ去り、コンミュンの夏が年々をあたためれば、大きなイチゴほど甘い倖せが、うるわしい十月の色に熟《う》れるだろう。

そのとき、黄ばんだ法令のページをめくり、レーニンの命令を読む者の目には、とうに廃《すた》れた涙がこみあげ、血は波のようにこめかみを打つだろう。


ぼくは過去の総決算をする。昔の日々をかきまわし、いちばん明るい日を探す。すると決って思い出すのは、二十五日、最初の日だ。

銃剣のあいだを右往左往する稲妻のひらめき。水兵たちは手榴弾をボールのようにもてあそぶ。低いどよめきに、昂奮のスモルニイがふるえる。保弾帯にうずまって、階下には機関銃手。

「あなたを、同志スターリンが呼んでいます。右側の、三番目の部屋、そこです」

「みんなあ、やめちゃ駄目だぞ！　どうしたんだ？　射て、装甲車と、中央郵便局！」

「よしきた！」ふりむいて姿を消す男の、水兵帽の、横文字が、ランプのあかりに、きらりと、光った、「アヴローラ号」と。

走る伝令、かたまって議論する人。左の膝に銃をのせ、遊底を調べる兵士。その人ごみをかきわけて、長い廊下の向うから、こちらへ歩いてくる目立たない人、あれがレーニン。

イリイチのひきいる兵士たちは、まだイリイチの肖像画すら知らない。押し合いへし合いどなり合い、カミソリよりするどく競い合う。

このよろこびの嵐、鉄の嵐のなか、見かけはまるで寝呆けまなこのイリイチ、ふと立ちどまって、目をほそめ、手をうしろに組んで、視線を突きさした。

ゲートル巻いた、ざんばら髪の青年に、するどいまなざしを、ぴたりと止めた。ことばの下から心を巻きとるように、むなしいことばのかげから精神を引き出すように。

ぼくには分った。レーニンはすべてを理解したのだ。あのまなざしなら捉えられる、農民の叫びも、戦線の嘆きの声も、ノベル工場、プチロフ工場の労働者の心も。

あたまのなかで数百の県《あがた》を処理し、一億五千万の人間を動かしたレーニン。一晩のうちに世界を秤にかけて、次の日の朝、

『すべて！

すべて！

すべての人に布告する！

血に酔いどれた戦線に、

あらゆる種類の奴隷に、

金持のための奴隷制度に布告する。

権力をソビエトへ！

土地を農民へ！

諸国民に平和を！

飢えた人にパンを！』

ブルジョアどもはこれを読み、「待てよ、ひっくくってやる」。気休めに腹ふくらませ、「やつら痛い目を見るぞ、こっちはドゥホーニンとコルニーロフ、痛い目を見るぞやつら、こっちはグチコフとケレンスキー」。

だが戦線は戦いをやめて、それらのことばを受けとった。村も町も法令をそそがれ、字の読めない人の心さえ焼けた。「痛い目」とはどんな目か、それを見たのはぼくらじゃない、ブルジョアどもだ。近い人から親しい人へ、親しい人から遠い人へ、心はつぎつぎに爆発した。「貧しい小屋に平和を、宮殿には戦争を、戦争を、戦争を！」

戦いだ。すべての工場で、すべての職場で。エンドウ豆のように、貴族らは皮をむかれた。土地、炎々と燃える貴族の領地は、十月の歩みの道しるべ。土地、それはやつらの笞刑の敷物だった。今や小川や丘もろとも、まるでパンの包のように、農民はがっちり土地をつかむ。

カフスボタンは眼鏡をかけて、にくしみの痰を吐きながら、王国や伯爵領へ這って行った。去る者は追わず！　ぼくらは料理女のひとりびとりに、国の治め方を教えるよ！　けれども、ぼくらの暮しは、まだ輪転機の産物のおかげ。塹壕からドイツ兵の耳へ、ことばが飛んだ。「もうやめよう！　出てこい、仲良くしよう！」戦線はほぐれていった、カタツムリみたいにのろのろと。

この水漏れは掌じゃとてもふさげない！　ぼくらのボートは傾きかけた。ヴィルヘルムの長靴と、ニコライの拍車が、ソビエトの国境をひっかくんだ。

社会革命党《エセール》はこどもの上衣をひっかけて、のさばり出し、走る連中をそのたわごとで引きとめる。騎士《ナイト》のように、ばかな剣《つるぎ》でばっさりと、装甲車の化物を倒すという！

喧嘩腰の人たちに、イリイチは叫んだ、「動かないでくれ！　この重荷も党に負わせてくれ。破廉恥なブレストで中休みをしよう。失うものは空間、得るものは時間。ただ中休みでへたばらぬこと。かれらは打撃を忘れない。われわれはおのれを知ること。軍事教練ではなく、意識を鍛えることによって、列をつくろう、赤軍の隊列を」。

歴史家は、プラカードの大蛇《ヒドラ》をとりあげて、「こんな大蛇《ヒドラ》、ほんとにいたのかな」。ぼくらは見たんだ、その大蛇《ヒドラ》を。そいつの大きな実物を。

〈ぼくらは出かける、いさましく、
このソビエトをまもるため。
ひとりのように死んでゆく、
この戦いのただなかで！〉

デニーキンがくる。デニーキンを追っぱらい、砲撃にこわれたかまどを建て直す。デニーキンのお代りは、ヴランゲリ。この男爵を倒せば、もうお次がいる、コルチャック。

ぼくらは木の皮を食った。沼に寝た。けれども進んだ、百万の赤い星。一つ一つにイリイチがいた。一人一人に気をつかった。一万一千露里の戦線の。

一万一千里とは周囲《まわり》だけ、全域ならばどれだけになる！

一軒ごとが攻撃目標、どこの家にも敵がひそむ。

社会革命党《エセール》は君主制護持派とぐるになり、夜っぴてスパイに忙しい。蛇で刺す。けさがけにばっさり。ミヘルソン工場へ行く道は？　イリイチの流した血の跡をたどれ。

社会革命党《エセール》の狙いは、あんまり確かでない。的《まと》になったは、あれ、手前の眉間。けれども爆弾や、ピストルの弾丸《たま》よりおそろしいのは、飢饉の封鎖、チフスの封鎖。

ほら、パン屑の上、蝿どもが舞う。十八年のあいつらは、ぼくらなんかより満腹なんだ。八分の一ポンドのパンのために、ぼくらは立ちんぼ、寒い街路で一昼夜も。

ひっぱってくれ、逮捕してくれ、それでも工場はジャガイモが欲しい。なんて哀れな工場だろ！　十棟もある造船工場が、ライター作りに息はずませる、悲鳴をあげる。

ところが富農《クラーク》には、バターあり、パンあり。富農《クラーク》の見込は、単純かつ正確だ。穀物をかくせ、金箱《かねばこ》にかくせ、ニコラエフカも、ケレンキも。

なあに、飢饉はきれいさっぱり掃き捨ててやる。ここで必要なのは締めつけること、蠟のやさしさじゃない。レーニンは起った、富農との戦いに、食糧徴発隊をひきいて。

この時代に「民主主義者」なんてことばを考えつくのは、どこの馬鹿野郎だ！ なぐるなら徹底的に、民主主義者の舗道が濡れるほど。勝利の鍵は、鉄の独裁。


ぼくらは勝った、だがぼくらは弾丸《たま》の痕だらけ。機械はとまった、被覆はボロボロ。破片の大波だ！ 壁紙のボロ！ さあ、水を掛けろ！ はやく洗ってくれ！

港はどこだ、港の燈台がこわれてる。ぼくらは傾く、マストが波を切る！ ひっくりかえるぞ。右舷には積荷、一億の農民。

敵は大よろこび、酒くらってわめく。だが、こいつはイリイチのみごとな業《わざ》、とつぜん舵輪をまわし、二十ポイントの方向転換。

途端に凪《なぎ》がきた、おどろくほどの凪。農民たちが波止場に穀物を運んできた。ありきたりの看板、「買イマス」「売リマス」——新経済政策《ネップ》だ。

レーニンは目をほそめて、「今のうちに修理しよう。算盤をおぼえること。これを知らぬとロクなことがない」。疲れた乗組員を、岸が汲み上げた。おれたちゃ嵐にゃ馴れてるのに、こりゃ又どうしたわけだい。

イリイチの指した入江は深い。船をつなぐ場所も見つかった。ゆるゆると、平和のなかへ、造船所のドックへ、巨大なソビエト共和国が入って行った。

レーニンはみずから、あるいは鉄を、あるいは材木を運び、やぶれた箇所を修理する。鉄板を持ち上げ、寸法をとる、協同組合、商店、トラスト。

ここでもレーニンは舵取だ。ふなべりにはともしび、へさきにも、ともにも。接舷戦や総攻撃から、ぼくらは移行する、労働という名の包囲戦に。

ぼくらの後退は、正確に計算ずみだ。いっとき解散した人たちも、ふたたび岸辺へ。さあ前進しよう！　後退は終ったぞ。ロシア共産党、全員乗船！

コンミュンは世紀。たかが十年、何ほどのことがあろう。前進しよう。新経済政策《ネップ》ごときは過去にかくれる。「われらは進む、スピードは百分の一、その代り百万倍も安全に、確実に」。

このプチブルめいた天地に、まだ揺れている、ぶきみなうねり。だが、しずかな黒雲は稲妻をはらみ、すでに来た、全世界の嵐。まばらな敵は新手をつのり……だが、もういい、ぼくらは世界の空を燃やすだろう。けれども、そのことについては、ここに書くより実行しよう。

今のぼくらは、飲んでも食べても、食事終ってみんなの工場へ出かけるときでも、はっきり知ってる、プロレタリアは勝ったのだ、勝利を組織したのはレーニンだ、と。

コミンテルンから一カペイカ銅貨まで、鎌と槌とを彫りこんだ、その新しいお金すら、一つの書かれざる叙事詩だ、勝利から勝利へ進むイリイチの足どりの。

革命とは重いもの。一人では持ち上げられない、足がふるえる。だがレーニンは仲間のなかで、意志の力も、智慧の梃子も、一番だった。

国々は起ちあがる、次から次へと。イリイチの指した方向は正しかった。黒い人たち、白い人たち、黄色い人たち、みんなコミンテルンの旗の下に集まる。

帝国主義の柱たち、がっちり組まれた円柱の列、五大洲のブルジョアたちも、うやうやしげにシルクハットや冠を浮かせて、イリイチのソビエト共和国に挨拶する。

どんな骨折も、ぼくらはおそろしくない。労働の機関車

に乗って、ぼくら前進——と、出しぬけに、百プードのニュース。イリイチの

不幸。

3

もしも博物館に、泣き虫ボリシェヴィキを陳列したら、一日いっぱい、その博物館、ぽかんとした見物人が押し合いへし合いするだろう。冗談じゃない。こんなことは、百年経っても起るまい！

星のかたちの焼鏝《やきごて》をぼくらの背中に押しつけたのは、元地主の大将たち。生きたまま、さかさまに、ぼくらを地面に埋めたのはマモントフの一味。機関車の火室でぼくらを焚いたのは日本軍。

鉛と錫の熱湯を、ぼくらの口に流しこみ「取消せ！」とわめいた。だが、焼けるのどから、ただ二つのことば。

「共産主義ばんざい!」

この鉄が、この鋼鉄が、すべての席に、すべての列に、なだれこんだのだ。一月二十二日、ソビエト大会の、五階建の建物。

一同は腰をおろし、ほほえみを投げ合い、そそくさと、こまかい問題をかたづけた。もう開会の時間! 何をぐずぐずしている? 伐り倒された森のように、幹部会がまばらになる。なんだろう。

目が桟敷より赤いのはなぜだ。カリーニンはどうしたんだ。やっと立っている。事故か。どんな? まさか! まさかあのひとが……ウソだ! ほんとうか?

天井がカラスのように、ぼくらの頭上に降りてきた。ぼくらは首をちぢめる、もっとちぢめろ! ふとったシャンデリアのあかりが、ふいにゆらめき、黒くなった。

場ちがいの鐘が咽ぶように鳴り出した。よろめく足を踏みしめ、カリーニンが立ちあがった。鬚や頬の涙は噛みくだけない。涙は裏切った。頬髯の楔《くさび》に光る。

思いが混乱する、頭を圧迫する。血がこめかみに押し寄せる、静脈のなかで煮え立つ。「昨日、六時五十分、同志レーニンが亡くなりました！」

この年は百年に一度の事件を目撃した。この日は悲しい伝説となって数百年も語り伝えられよう。鉄が恐怖のあまり呻き声をたてたのだ。ボリシェヴィキのあいだを慟哭が流れたのだ。

ひどい重さ！　ぼくらは自分で自分を引き出した。いつ、どんなふうに、それを知りたい。隠さないでくれ！　街路へ、横町へ、ボリショイ劇場が霊柩車のように流れた。

よろこびはカタツムリの歩み。悲しみは狂った早駆け。陽の光でもない、氷の塊でもない、新聞の篩《ふるい》ごしに降りはじめたのは、黒い雪だ。

旋盤のかたわらの労働者に、知らせが襲いかかった。あたまのなかの弾丸。涙のコップが機械の上にひっくりかえった。

何度も臨終に立会った苦労人の百姓さえ、女たちから目をそむけた。けれども土に汚れた拳《こぶし》が裏切った。

火打石に似た人たちすら、血が出るほどくちびるを噛んだ。こどもらは老人のようにいかめしくなり、こどものうに白髪《しらが》の人は泣いた。

全世界の風は眠らずに吠えた。起ちあがった世界には、どうしても信じられない。さむいモスクワの小部屋のなかのこの柩、これが革命の息子、革命の父だったひとか。

終りだ、終りだ、終りだ。だれを頼りにしたらいい！ 窓ガラス、そこから見える……あのひとを運んでゆく、パヴェレツキー駅から、あのひとが支配者から取り上げた町へ。

町はむきだしの傷、ひどくいたむ、ひどくうめく。ここでは、小石のひとつびとつがレーニンを知っている。十月の最初の突撃に踏まれたから。

ここでは、すべての旗に縫いこまれたことばが、レーニンの考えたことば、レーニンの命じたことば、ここでは、すべての塔がレーニンの声を聞いた。レーニンにつづいて火や煙のなかへ跳びこんだ。

ここでは、すべての労働者がレーニンを知っている。かれらはレーニンにむかって、心をモミの枝のようにひろげた。レーニンは戦いを指導し、勝利を予言し、そして今、プロレタリアはすべての主人。

ここでは、すべての農民がレーニンの名前を、暦よりも親しく心に書きこんだ。レーニンは命じた、土地はわがものと叫ぶべし、鞭打たれた祖父たち、安らかに眠れ、と。

コンミュン戦士たちが、赤い広場からささやきかける、「いとしいレーニン！　生きてくれ、ここで死神に負けてはいけない。百度たたかって墓に横たわろう！」

このとき、ぼくら死ね、レーニン目ざめよと、奇蹟を行う者のことばが鳴りひびけば、町の堤はみるまに割れ、ぼくらは唄うたいながら、死にむかって走るだろう。

だが奇蹟などない、奇蹟を夢みても無駄なこと。レーニンはそこにいる、棺のなか、曲った肩。このひとはあくまで人間だった。だからこのひとを運ぼう、人間の悲しみで悲しもう。

これほど貴重な荷物を、いまだかつてぼくらの海は運んだことがない。美しい柩は泳ぐ、慟哭と葬送行進曲に乗って、組合の家へ。

レーニンに鍛えられたきびしい親衛隊が、いま護衛に立ったばかりなのに、トヴェルスカヤとディミトロフカの通りは、すでに見渡すかぎり、張りついたように待つ人々の列。

十七年ならば、パンの行列に、決して娘をやらなかった。あしたまで我慢するさ！　だが、この凍りつくおそろしい行列には、こどもを連れて、病人を連れて、誰も彼もが出てきたのだ。

村は町のとなりに並んだ。おとなの声、こどもの声で、悲しみが鳴りひびく。労働の全世界は、行列をつくって通りすぎた。レーニンの生涯の生きた総決算。

黄色い、歪んだ、ラック塗りの太陽がのぼる。ぼくらの足もとに光を投げる。打ちひしがれたように、希望を歎きながら、悲しみにうなだれて、中国人たちが通る。

ひるまの背中に乗って、夜が泳ぎこんできた。時間がみだれる、日付がもつれる。頭上に夜もなく、星もないように、アメリカの黒人がレーニンに涙をながす。

異常な寒さが足の裏を焼く。だが人々はぎっしりかたまって動かない。寒さしのぎに掌をこすることさえ、誰もしない。それはいけないのだ、この場にそぐわない。

寒さは人をつかむ、ひきずる。これほどの愛に鍛えられた人たちを拷問するように。寒さは群集のなかに入る。人ごみに巻きこまれ、群集といっしょに建物へすすむ。階段が大きくなる、暗礁になる。だがこのとき、唄や息づかいさえ、ぴたりと鎮まる。踏み出すのはこわい。足の下は断崖。たった四段の、底なしの断崖。

奴隷制度から百世代に至る断崖だ。その条理といえば、ただ鳴りひびく金銭《かね》だった。断崖の端には、柩とレーニン、その向うは、地平線いっぱいにひろがったコンミュン。

何が見える。レーニンの額だけか。それから霧につつまれたクループスカヤ……涙をうかべぬ目ならば、もっと先まで見えるかもしれない。そんな目の持主は一人もいない。

ゆるゆる動く旗々の絹布がかたむいた。これが最期の挨拶だ。〈さらば、友よ、きみの歩みし道は、雄々しき道、尊き道〉。

こわい。目をとじろ。見るな。電線をつたって歩く気持。この一瞬、ぼくは差向かいだ、ただひとつの巨大な真理と。

ぼくは倖せだ。鳴りわたる行進曲《マーチ》の水が、とるに足らないぼくの体を押し流してくれる。この瞬間、今の瞬間は、今後いつまでも、ぼくのなかに残るのだから。

ぼくは倖せだ。ぼくはこの力の一部分。目から流れる涙さえ、みんなの涙だから。これより強い、清潔な感情に、ぼくらは関与できるものか。階級という名の偉大な感情！

旗々のつばさが、ふたたび垂れる。あすは又戦いに起つために。〈われら自らの手で閉じぬ、きみが気高きまなこを〉。

倒れてはいけない、肩に肩を組み、旗を黒く色どり、まぶたを赤く染め、イリイチとの最期の別れに、人々は歩いた。霊廟《たまや》のそばで歩みをゆるめた。

葬式をやっている。演説をやっている。弔辞、それもよかろう。ただ口惜しいのは、この数分間がいかにも短いこと。あれら見飽きぬ人たちには足りない時間！

みんな歩きながら不安げに上を見る。雪のつもった黒い円盤。スパスカヤ大時計の針の、なんときちがいじみた走り方だ。その刻限へ、最後の十五分をひとっ跳びに跳ぶ。気絶しろ、一分間、この知らせに！　止まれ、動きも、人生も！　ハンマーをふりあげた人たち、そのまま凍りつけ。気絶しろ、地球、倒れろ、横になれ！

沈黙。この上なく偉大な道は途切れた。号砲一発、いや千発か。その弔砲のとどろきは、乞食のふところにちゃらつく小銭、その程度にすら響かなかった。

まずしいまなこを痛いほど見ひらき、ほとんど凍りついて、ぼくは立ちつくす、息を殺して。ぼくの眼前、旗々に飾られて、まっくらな不動の地球が浮かび上がる。

世界の上に柩、動かぬ、もの言わぬ。柩のかたわらに、ぼくら、人間を代表する者。蜂起と仕事と詩の嵐で、今日見たものを殖《ふ》やさんとする。

すると、はるか彼方、赤らむ夜明けの空から、ぼくらの

きびしい寒さ、沈黙の護衛にむかって、誰かが言った、

「進め、足並そろえて」。

　この命令は要らなかった。いっそう烈しく、淀みなく、大きく息づきながら、重さそのものの体を、やっとのことで引き剝がし、ぼくらは広場に足音を打ちこむ。たくましい腕にささえられ、いちどきに頭上高くひるがえった旗々。足音の洪水が波紋のようにひろがって、世界中の頭脳にしみこむ。

　労働者、農民、兵士らの考えは、鎖でつなぎ合され、ただ一つ。「レーニンがいないと共和国はくるしい。誰かをレーニンの代りにしよう。誰を？　どうやって？」

　ごろ寝はもうやめよう、南京虫のふとんにくるまって！

「書記さん！　これだ、こいつを見てくれ。ＲＫＰ《エル・カ・ペ》の細胞に入れてほしいんだ。今すぐ、一まとめに、工場全員……」

　その目を鰐足にひらいて、ブルジョアは見つめる。たく

ましい足音にふるえる。作業現場の労働者四十万、これこそ党がレーニンに贈る最初の花環。

「書記さん、こいつを入れてやってくれ……人の話だと、どうしても……レーニンの代りが要るそうだ……わたしはもう年寄りだから、孫を出す。こいつはひけをとらないぜ。コムソモールに入れてくれ」

生れたての船、錨をあげろ、海のモグラは出かける時間だ。〈波路はるかに、波路はるかに、今日はこの海、明日《あす》はあの海〉。

陽よ、のぼれ！　証人になれ。一刻も早くぼくらの口もとの、とむらいの皺をのばしてくれ。こどもらも、おとなの足に歩調を合せる。トラ、タ、タ、タ。タ、タ、タ、タ、タ。

〈一、二、三！

ぼくらはピオネール。

ファシストなんかこわくない。

さあ突撃だ、つきすすめ〉
やめろ、ヨーロッパ、拳をふりあげるのは。粉みじんだぞ。さがれ！　ひかえろ！　今やイリイチの死そのものさえ、この上ないオルガナイザー。

すでに煙突の巨大な森の上、億万の腕を一本の旗竿に、一流《ひとながれ》の赤旗さながら、赤い広場がすさまじく舞い上がった。その旗の、どの襞《ひだ》からも、生きたレーニンがふたたび呼びかける。

「プロレタリアたち、隊列をつくれ、最後の戦いだ！　奴隷たち、まがった背中と膝をのばせ！　プロレタリアの軍隊、すっくと立ち上がれ！　革命ばんざい、嬉しい革命、速い革命！　これこそ開闢以来の数ある戦《いくさ》でただひとたびの偉大な戦だ」

［一九二四］

訳者のメモ

*ブロムレイとグジョン——革命前のロシアの大工場主。
*ティエール——一八七一年のパリ・コンミュンを弾圧し、フランス第三共和制の初代大統領になった。
*ウラジミルカ街道——帝政時代、ここを通って政治犯がシベリアへ送られた。
*RKP（b）——ロシア共産党（ボリシェヴィキ）の略字。
*今プルコヴォ天文台は火星狩に……——一九二四年、火星の大接近があった。
*十四年——一九一四年。第一次世界大戦の始まった年。
*ポルタワ、プレヴナ——一七〇九年のロシア・スウェーデン両軍のポルタワ会戦、および一八七七年のロシア・トルコ両軍のプレヴナ会戦は、ロシア史上の二大戦闘である。
*非常時のヴォヴァ——第一次世界大戦中にロシアで上演さ

れたE・ミロヴィチ作のボードビル。ブルジョアのわがまま息子ヴォヴァが非常時にめざめ模範的なロシア帝国軍人になるという筋書である。

＊ツィメルヴァルト――スイスのベルヌ近郊、ツィメルヴァルト村で、一九一五年九月五日、インターナショナリスト第一回会議がひらかれ、レーニンはいわゆる「ツィメルヴァルト左翼グループ」を組織した。

＊ヴェルダン、ドヴィナ――ヴェルダンの仏独大会戦ではドイツが敗れ、西ドヴィナの露独大会戦ではトルコ軍がドイツ側についた。

＊双頭の鷲――帝政ロシアの紋章。

＊ホーエンツォレルン――ドイツ帝国最後の皇帝、ホーエンツォレルン家のヴィルヘルム二世を指す。

＊ダーダネルスキー旧姓ミリュコフ――立憲民主党の党首ミリュコフはダーダネル、ボスポロス両海峡の占領を主張したので、ダーダネルスキーという渾名をつけられた。

＊小ミハイル――前記ミリュコフは二月革命後、ロマノフ王朝温存のためにニコライ二世の弟ミハイルを即位させようとした。

＊首相――ケレンスキーを指す。

＊防衛主戦論者――第二インターナショナルに参加した社会民主主義者の一部は、第一次世界大戦が始まると、祖国の防衛のためと称して軍事予算を承認し、ブルジョア政府に入閣した。

＊サヴィコフ――社会革命党員（エセール）。ケレンスキー内閣の陸軍大臣。十月革命後反革命テロ団を組織した。ペンネームはロプシン。

＊物知り猫――ロシア民話に登場する。プーシキンは長詩「ルスランとリュドミラ」の冒頭でこの形象を次のように定着した。

入江のほとりに緑のカシの木
そのカシの木にこがねの鎖。

そして、昼、夜、物知り猫が
鎖をひきずり、まわりをまわる。
右へまわれば、唄をうたい、
左へまわれば、咄をはなす。

＊クシェシンスカヤの家——ニコライ二世からバレリーナのクシェシンスカヤに贈られたこの家には、二月革命後、ボリシェヴィキ中央委員会、軍事委員会、労働者クラブその他が入っていた。
＊《食えパイナップル……》——この二行詩はマヤコフスキー自身の作。冬宮攻撃のとき水兵が歌ったという。
＊イリイチはフィンランドに——一九一七年八月二十日、ケレンスキーはレーニンの逮捕を命じ、レーニンはラズリフ湖のほとりの掘立小屋に、その後フィンランドに隠れた。
＊二十五日——一九一七年十月二十五日（新暦十一月七日）ペトログラード蜂起の日。
＊ドゥホーニン、コルニーロフ——十月革命直後の反革命軍

の頭目。いずれも戦死。
＊グチコフ――ケレンスキー内閣の軍事大臣。「十月党」なる反革命団体をつくった。
＊ブレスト――一九一八年三月、ソビエト共和国はブレスト・リトフスクにおいてドイツと単独講和をむすんだ。
＊プラカードの大蛇――国内戦時代、デニーキン、ヴランゲリ、コルチャックなどの白軍を、ギリシャ神話の多頭の大蛇ヒドラに描いたプラカードが見られた。
＊ミヘルソン工場――一九一八年八月三十日、元ミヘルソン工場の集会から出てきたレーニンは、社会革命党の女テロリスト、カプランに狙撃され重傷を負った。
＊十八年――一九一八年のソビエト共和国は極度の食糧不足に襲われた。
＊ニコラエフカ、ケレンキ――それぞれニコライ二世、ケレンスキーの時代に発行された紙幣の俗称。
＊スピードは百分の一、その代り百万倍も安全に、確実に

——一九二二年三月の第十一回党大会のレーニンの演説より。

＊百プード——プードは旧ロシアの重量単位。一プードは十六キロ三八〇グラム。

＊五階建の建物——一九二四年の第十一回全露ソビエト大会はモスクワのボリショイ劇場で開催された。この会期中、一月二十二日、カリーニンがレーニンの死を発表した。

＊〈さらば、友よ……〉——葬送歌「きみはいけにえに倒れ」の一節。

＊〈われら自らの手で……〉——レーニンが好きだったと伝えられる「重き鉄鎖にくるしみて」の一節。

＊〈波路はるかに……〉——当時ポピュラーだった水夫の唄。

＊〈一、二、三、ぼくらはピオネール……〉——ピオネールの唄「幼いピオネール」より。

著者略歴

Владимир Владимирович Маяковский
ヴラジーミル・マヤコフスキー

ロシア未来派の詩人。1893年、グルジアのバグダジ村に生まれる。1906年、父親が急死し、母親・姉2人とモスクワへ引っ越す。非合法のロシア社会民主労働党（RSDRP）に入党し逮捕3回、のべ11か月間の獄中で詩作を始める。10年釈放、モスクワの美術学校に入学。12年、上級生ダヴィド・ブルリュックらと未来派アンソロジー『社会の趣味を殴る』のマニフェストに参加。13年、戯曲『悲劇ヴラジーミル・マヤコフスキー』を自身の演出・主演で上演。14年、第一次世界大戦が勃発し、義勇兵に志願するも結局、ペトログラード陸軍自動車学校に徴用。戦中に長詩『ズボンをはいた雲』『背骨のフルート』『戦争と世界』『人間』を完成させる。17年の十月革命を熱狂的に支持し、内戦の戦況を伝えるプラカードを多数制作する。24年、レーニン死去をうけ、長篇哀歌『ヴラジーミル・イリイチ・レーニン』を捧ぐ。25年、世界一周の旅に出るも、パリのホテルで旅費を失い、北米を旅し帰国。スターリン政権に失望を深め、『南京虫』『風呂』で全体主義体制を風刺する。30年4月14日、モスクワ市内の仕事部屋で謎の死を遂げる。翌日プラウダ紙が「これでいわゆる《一巻の終り》／愛のボートは粉々だ、くらしと正面衝突して」との「遺書」を掲載した。

訳者略歴

小笠原 豊樹〈おがさわら・とよき〉詩人・翻訳家。1932年、北海道虻田郡東倶知安村ワッカタサップ番外地（現・京極町）に生まれる。東京外国語大学ロシア語学科在学中にマヤコフスキー作品と出会い、52年に『マヤコフスキー詩集』を上梓。56年、岩田宏の筆名で第一詩集『独裁』を発表。66年『岩田宏詩集』で歴程賞。71年に『マヤコフスキーの愛』、75年に短篇集『最前線』を発表。露・英・仏の3か国語を操り、『ジャック・プレヴェール詩集』、ナボコフ『四重奏・目』、エレンブルグ『トラストDE』、チェーホフ『かわいい女・犬を連れた奥さん』、ザミャーチン『われら』、カウリー『八十路から眺めれば』、スコリャーチン『きみの出番だ、同志モーゼル』など翻訳多数。2013年出版の『マヤコフスキー事件』で読売文学賞。14年12月、マヤコフスキーの長詩・戯曲の新訳を進めるなか永眠。享年82。

マヤコフスキー叢書

ヴラジーミル・イリイチ・レーニン

うらじーみる　いりいち　れーにん

ヴラジーミル・マヤコフスキー 著

小笠原豊樹 訳

2016年９月30日　初版第１刷印刷
2016年10月25日　初版第１刷発行

発行者 豊田剛
発行所 合同会社土曜社
150-0033
東京都渋谷区猿楽町11-20-301
www.doyosha.com

用紙　竹尾
印刷　精興社
製本　加藤製本

Vladimir Ilyich Lenin
by
Vladimir Mayakovsky

This edition published in Japan
by DOYOSHA in 2016

11-20-301 Sarugaku Shibuya
Tokyo 150-0033 JAPAN

ISBN978-4-907511-31-9　C0098
落丁・乱丁本は交換いたします

安倍晋三ほか『世界論』1199円
安倍晋三ほか『秩序の喪失』1850円
ソロスほか『安定とその敵』952円

歴史と外交

岡崎久彦『繁栄と衰退と』1850円

大川周明博士著作

『復興亜細亜の諸問題』大川賢明序文＊
『日本精神研究』＊
『日本二千六百年史』＊

丁寧に生きる

『フランクリン自伝』鶴見俊輔訳，1850円
ベトガー『熱意は通ず』池田恒雄訳，1500円
ボーデイン『キッチン・コンフィデンシャル』野中邦子訳，1850円
ボーデイン『クックズ・ツアー』野中邦子訳，1850円
ヘミングウェイ『移動祝祭日』福田陸太郎訳＊
モーロワ『私の生活技術』中山眞彦訳＊
永瀬牙之助『すし通』＊

サム・ハスキンス日英共同出版

『*Cowboy Kate & Other Stories*』2381円
『*November Girl*』＊
『*Five Girls*』＊
『*Cowboy Kate & Other Stories*（1975年原書）』限定十部未開封品，79800円
『*Haskins Posters*（72年原書）』限定二十部未開封品，39800円

世紀音楽叢書

オリヴァー『ブルースと話し込む』日暮泰文訳，1850円

土曜社共済部

ツバメノート『A4手帳』952円

政府刊行物

防衛省防衛研究所『東アジア戦略概観2015』1285円

＊は近刊／価格本体